中国文化知识读本

Zhongguo Wenhua
Zhishi Duben

乐府民歌

主编 金开诚

编著 刘永刚

吉林出版集团有限责任公司

吉林文史出版社

图书在版编目（CIP）数据

乐府民歌／刘永刚编著. —— 长春：吉林出版集团
有限责任公司：吉林文史出版社，2009.12 （2023.4重印）
（中国文化知识读本）
ISBN 978-7-5463-1964-3

Ⅰ.①乐… Ⅱ.①刘… Ⅲ.①乐府诗－文学欣赏
Ⅳ.①I207.22

中国版本图书馆CIP数据核字(2009)第236926号

乐府民歌

YUEFU MINGE

主编／金开诚 编著／刘永刚

项目负责／崔博华 责任编辑／曹恒 于涉

责任校对／王文亮 装帧设计／曹恒

出版发行／吉林出版集团有限责任公司 吉林文史出版社

地址／长春市福祉大路5788号 邮编／130000

印刷／天津市天玺印务有限公司

版次／2009年12月第1版 印次／2023年4月第4次印刷

开本／660mm×915mm 1/16

印张／8 字数／30千

书号／ISBN 978-7-5463-1964-3

定价／34.80元

前　言

　　文化是一种社会现象，是人类物质文明和精神文明有机融合的产物；同时又是一种历史现象，是社会的历史沉积。当今世界，随着经济全球化进程的加快，人们也越来越重视本民族的文化。我们只有加强对本民族文化的继承和创新，才能更好地弘扬民族精神，增强民族凝聚力。历史经验告诉我们，任何一个民族要想屹立于世界民族之林，必须具有自尊、自信、自强的民族意识。文化是维系一个民族生存和发展的强大动力。一个民族的存在依赖文化，文化的解体就是一个民族的消亡。

　　随着我国综合国力的日益强大，广大民众对重塑民族自尊心和自豪感的愿望日益迫切。作为民族大家庭中的一员，将源远流长、博大精深的中国文化继承并传播给广大群众，特别是青年一代，是我们出版人义不容辞的责任。

　　本套丛书是由吉林文史出版社和吉林出版集团有限责任公司组织国内知名专家学者编写的一套旨在传播中华五千年优秀传统文化，提高全民文化修养的大型知识读本。该书在深入挖掘和整理中华优秀传统文化成果的同时，结合社会发展，注入了时代精神。书中优美生动的文字、简明通俗的语言、图文并茂的形式，把中国文化中的物态文化、制度文化、行为文化、精神文化等知识要点全面展示给读者。点点滴滴的文化知识仿佛颗颗繁星，组成了灿烂辉煌的中国文化的天穹。

　　希望本书能为弘扬中华五千年优秀传统文化、增强各民族团结、构建社会主义和谐社会尽一份绵薄之力，也坚信我们的中华民族一定能够早日实现伟大复兴！

目录

一、乐府民歌概述

（一）乐府的建立和乐府诗歌的兴起

"乐府"一词在古代具有多种涵义。最初是指主管音乐的官府。两汉所谓乐府是指的音乐部门，乐即音乐，府即官府，这是它的原始意义。掌管音乐的官方机构，在先秦时就有了，以"乐府"为这种机构的名称，约始于秦代。1977年秦始皇陵附近出土的编钟上，铸有"乐府"二字。汉承秦制，也设有专门的乐府机构。史载汉惠帝时有"乐府令"之职，到了汉武帝时，乐府机构的规模和职能被扩大，扩充为大规模的专署，作为供统治者点缀升平、纵情声色的音乐机关。汉乐府的任务，包括制定乐谱、将文人歌功

陈列于上海博物馆内的青铜器编钟

汉代宴集画像砖

颂德的诗制成曲谱并制作演奏新的歌舞、
训练乐工、搜集民歌及制作歌辞等。朝廷
典礼所用的乐章，如西汉前期的《房中乐》
和西汉中期的《郊祀歌》等，主要是由文
人写作的。汉代人把乐府配乐演唱的诗称
为"歌诗"，这种"歌诗"在魏晋以后也
称为"乐府"。同时，魏晋六朝文人用乐
府旧题写作的诗，汉人原叫"歌诗"的，
有合乐有不合乐的，也一概称为"乐府"。
于是所谓乐府便由机关的名称一变而为一
种带有音乐性的诗体的名称。如《文选》
于骚、赋、诗之外另立"乐府"一门；《文

心雕龙》于《明诗》之外又特标《乐府》一篇，并说"乐府者，声依永，律和声也"，便都是这一演变的标志。六朝人虽把乐府看成一种诗体，但着眼还在音乐上。继而在唐代出现了不用乐府旧题而只是仿照乐府诗的某种特点写作的诗，被称为"新乐府"。这时这些乐府作品则已撇开音乐，而注重其社会内容，如元结《系乐府》、白居易《新乐府》、皮日休《正乐府》等，都未入乐，但都自名为乐府，于是所谓乐府又一变而为一种批判现实的讽喻诗。宋元以后，"乐府"又用作词、曲的别称。因这两种诗歌的分支，最初也都配乐演唱的。其实这时的乐府作品离开了唐人所揭示出来的乐府的精神实质，而单从入乐这一点上出发，是乐府一词的滥用，徒滋混淆，不足为据。所以，我们需要把中国文学史上的不同意义的"乐府"区别清楚。

除此之外，汉乐府不同于后代的一个最大特点，或者说是一项最有意义的工作，便是采集民歌。在普通场合演唱的歌辞，则主要是从各地搜集来的民歌，所用的音乐，主要也是来自民间，也有一部分来自西域的音乐。《汉书·礼乐志》说："至武帝定郊祀之礼，……乃立乐府，采诗夜诵。"所谓采诗，

汉乐府的歌辞主要从民间搜集而来

即采民歌。同书《艺文志》更有明确的记载："自孝武立乐府而采歌谣，于是有赵、代之讴，秦、楚之风，皆感于哀乐，缘事而发，亦可以观风俗，知薄厚云。"

为了区别于文人制作的乐府歌辞，习惯上把采自民间的歌辞称为"乐府民歌"。需要说明，这里所说的"民歌"，同样是泛指产生于民间的群众性、社会性创作，而不是专指"劳动人民"的作品。《汉书·艺文志》说，统治者采集民间歌谣具有"观风俗、知厚薄"的目的，这恐怕是按照儒家理想加以美化的解释，其实主要为了娱乐。

采集民歌这件事，在文学史上也是有其重要意义的。白居易说："周灭秦兴至隋氏，十代采诗官不置。"（《采诗官》）其实，和周代一样，汉代也注重采诗。而从上引文献，我们还可以看到当时采诗的范围遍及黄河、长江两大流域，比周代还要广。两汉某些头脑比较清醒的统治者较能吸取农民大起义的历史教训，也颇懂得反映人民意向的民歌民谣的作用，经常派遣使者"使行风俗""观纳民谣"，甚至根据"谣言单辞，转易守长"。（《后汉书·循吏传叙》）这种政治措施，说明当时乐府采诗虽然为了娱乐，但也有作为

汉代采诗的范围遍及黄河、长江两大流域

统治之借鉴的政治意图，即所谓"观风俗，知薄厚"；而在客观上也起到了保存民歌的作用，使民歌得以集中、记录、流传。

乐府采诗虽然为了娱乐，但也有作为统治之借鉴的政治意图

（二）乐府民歌的范围和分类

乐府民歌是汉代出现的一种新的诗歌形式。汉乐府民歌流传到现在的共有一百多首，其中很多是用五言形式写成，后来经文人的有意模仿，在魏、晋时代成为主要的诗歌形式。

据《汉书·艺文志》所载篇目，西汉乐府民歌有一百三十八首，这数字已接近《诗经》的"国风"，东汉尚不在内，但现

郊庙歌辞是郊祭、庙祭时歌颂天地、祖宗的乐章

存的总共不过三四十首。而且《汉书·艺文志》还列出西汉采集的一百三十八首民歌所属地域，其范围遍及全国各地。但是这些乐府民歌流传下来的不多，一般认为现存汉代乐府民歌，大都是东汉乐府机构采集的。这些作品最早见于记录的是沈约的《宋书·乐志》，而且基本上都收入到宋代郭茂倩所编的专书《乐府诗集》中。郭茂倩将自汉至唐的乐府诗分为十二类：

一、郊庙歌辞。是朝廷祭祀用的乐章。古代帝皇立郊祭祭天地，于宗庙祭祖宗，郊庙歌辞便是郊祭、庙祭时歌颂天地、祖先的乐章。汉代有《郊祀歌》十九首用于郊祭，《安世房中歌》十七首用于歌颂祖先。这类郊庙乐章，以后历朝不绝，现存数量颇多，《乐府诗集》存诗十二卷。

二、燕射歌辞。是帝皇用于宴会和大射（射箭的一种仪式）的歌辞。帝皇宴飨宗族、亲友、宾客和大射时，要奏乐曲，这是从周代传袭下来的制度。今存西晋至隋代歌辞。《乐府诗集》存诗三卷。

三、鼓吹曲辞。鼓吹曲原是军乐。其乐器主要有鼓、箫和笳，鼓吹就是击鼓吹箫笳的意思。汉代，鼓吹曲还用于朝廷节日大会和皇帝出行道路等场合，借军乐以壮声威。汉鼓吹曲有《短箫铙歌》十八首，其中也有少数民歌，后代依汉《铙歌》旧题作诗者不绝。曹魏、孙吴以下各朝，亦各制鼓吹曲，其内容多数铺叙皇帝的武功。《乐府诗集》存诗五卷。

四、横吹曲辞。从北方少数民族传来的军乐，其乐器有鼓、角，故后来又叫鼓角横吹曲。汉魏以来，流传的有《陇头》、《关山月》等十八曲，今所存歌辞，均为南朝和唐代文人作品。又有《梁鼓角横吹曲》六十多首，是北方少数民族的歌辞。《乐

汉代马车画像砖

相和歌辞声调清婉动听，因此受到社会各阶层的喜欢

府诗集》存诗五卷。

五、相和歌辞。原是汉代的民间歌曲，包含不少民歌，后来产生了大量受民歌影响的文人作品。相和，取丝竹相和之义，即用弦乐器、管乐器配合歌唱，声调清婉动听，因此受到社会各阶层的喜好。相和歌中的平调、清调、瑟调三部类，称清商三调，曹魏开始发展，成为相和歌的主要部分。《乐府诗集》存诗十八卷。

六、清商曲辞。以清商三调为主的相和歌，实际也是清商曲。东晋南朝时代，利用发展汉魏清商旧曲，配合南方的民间歌曲和文人拟作，是为清商新声。《乐府诗集》称为清商曲辞，存诗八卷。

七、舞曲歌辞。配合舞蹈演唱的歌辞。分雅舞歌辞、杂舞歌辞两种。雅舞歌用于郊庙朝会，性质与郊庙、鼓吹曲辞相仿；杂舞歌用于朝会、宴会，性质与相和歌接近。《乐府诗集》存诗五卷。

八、琴曲歌辞。用琴演奏歌曲的歌辞。琴曲起源很早，但现存歌辞，大抵都是南朝、唐代文人作品。其中唐尧、虞舜、周文王以至汉代王嫱、蔡琰等人的作品，都出自后人假托。《乐府诗集》存诗四卷。

九、杂曲歌辞。这类歌辞所收曲调，在唐宋时代配乐情况已不清楚，有的只是文人案头之作，根本没有配乐。因其数量甚多，内容复杂，故称为杂曲歌辞。察其风格，多数与相和歌辞、清商曲辞相近。《乐府诗集》存诗十八卷。

十、近代曲辞。隋唐时代配合新兴的燕乐演唱的歌辞。郭茂倩在宋代编《乐府诗集》，被称为近代曲辞。这类曲辞，是唐五代词的先驱者。《乐府诗集》存诗四卷。

十一、杂歌谣辞。是不配合音乐的歌谣。因其风格与乐府所采民歌接近，故附列为一类。其中远古时代的作品，也多为

有的杂曲歌辞只是文人案头之作，并没有配乐

后代假托。《乐府诗集》存诗七卷。

十二、新乐府辞。唐代诗人学习汉魏六朝乐府诗（主要是相和、清商、杂曲三类），采用其体式，但题目、题材，都出自创造，形成了"即事名篇"的新乐府辞。这类歌辞都不配乐，是文人案头之作。《乐府诗集》存诗十一卷。

以上十二类歌辞中，最有价值的是相和歌辞、清商曲辞两类，它们包含了许多优秀民歌和大量文人受民歌影响的好作品。所谓"相和"，是一种演唱方式，是美妙的民间音乐，含有"丝竹更相和"和"人声相和"两

相和歌辞、清商曲辞两类包含了许多优秀民歌

种意思，是一种"丝竹相和"的管弦乐曲，也是汉代民间的主要乐曲。鼓吹曲辞、横吹曲辞、杂曲歌辞三类中，也有少量优秀民歌和不少文人佳作。新乐府辞都出自唐代文人之手，也有不少深刻反映现实的佳作。郊庙歌辞、燕射歌辞两类，内容大抵为皇帝歌功颂德、祈求福佑和祝颂、规勉之词，是纯粹的贵族乐章，缺少文学价值。"郊庙"一类中《房中歌》最早，惟《郊祀歌》的某些作品有一定的艺术价值，如《练时日》之创为三言体，《景星》等篇之多用七言句，《日出入》之通首作杂言。舞曲

郊庙歌辞、燕射歌辞两类大抵为为帝皇歌功颂德、祈求福佑和祝颂、规勉之词

歌辞、琴曲歌辞两类，篇章较少，内容亦较平庸。近代曲辞配合燕乐，实际属于词的范围，因此一般谈乐府诗的都不予论述。杂歌谣辞不配乐，也不采用乐府体制，实际也不是乐府诗。汉魏六朝的优秀入乐民歌和在不同程度上受民歌影响的历代文人佳篇，构成了乐府诗的主流。

汉乐府中著名的篇章有揭露战争灾难的《十五从军征》，有表现女性不慕富贵的《陌上桑》、《羽林郎》，当然最为著名的还是长篇叙事诗《孔雀东南飞》。《孔雀东南飞》是中国汉乐府民歌中最长的一首叙事诗，题为《古诗为焦仲卿妻作》。这首诗讲述了一个凄婉的爱情故事。焦仲卿与刘兰芝相爱至深，因为焦母与刘家的逼迫而分手，以致酿成生离死别的人间惨剧。汉乐府民歌最重要的艺术特色是它的叙事性，《孔雀东南飞》是汉乐府叙事诗的最高峰。汉乐府民歌多采用口语化的朴素语言表现人物的性格，故人物形象生动，感情真挚。汉乐府民歌中虽然多数为现实主义的描绘，但许多地方都有着程度不一的浪漫主义色彩，如《孔雀东南飞》的最后一段文字，即表现出浪漫主义与现实主义的巧妙结合。

《孔雀东南飞》讲述了一个凄婉的爱情故事

二、汉代乐府民歌

在中国文学史中，一些新起的民间文学，由于具有真挚深刻的思想内容和活泼生动的艺术形式，虎虎有生气，因而对文人文学产生深远的影响。两汉时代的乐府民歌，为中国古诗坛输送了大量新鲜血液，哺育了建安以后世世代代的诗人。这种重要历史现象，是民间文学在中国文学史上产生巨大作用的一个明证。

汉代乐府民歌不仅是一幅幅丰富的生活画卷，同时也是优美的艺术珍品。正如前人所评述的"其造语之精，用意之奇，有出于《三百》、楚骚之外者。奇则异想天开，巧则神工鬼斧。"汉代乐府民歌反映了汉代人民

新发展起来的民间文学对中国文学产生了深远的影响

生活的方方面面，既有白发征夫"十五从军征，八十始得归"的慨叹，又有"战城南，死郭北，野死不葬乌可食"的惨烈战后场面的描写；既有"上邪！我欲与君相知，长命无绝衰。山无陵，江水为竭，冬雷震震，夏雨雪，天地合，乃敢与君绝！"的对爱情的忠贞誓言，又有对负心人的"从今以往，勿复相思，相思与君绝！"的愤怒决绝之词；既有"少壮不努力，老大徒伤悲"的奋发之语，又有"昼短苦夜长，何不秉烛游"的消极行乐。汉乐府民歌在思想内容上有一个鲜明的特点，即强烈的现实主义精神，许多诗歌作者，都根据自己的生活体验，用诗来反映他们对现实的不满，对理想的追求。一些优秀诗篇还从不同角度，揭露了统治阶级对人民的残酷欺压和剥削，揭露了统治阶级的荒淫无耻。汉乐府诗这种"感于哀乐，缘事而发"的现实主义精神，实际上是对中国第一部现实主义作品——《诗经》中"饥者歌其食，劳者歌其事"精神的继承，对后代诗歌也有更具体、更直接的巨大影响。

战城南，死郭北，野死不葬乌可食

（一）汉代贵族的郊庙、鼓吹曲辞

汉代贵族乐歌大都已经亡佚，今只存属于郊庙歌的《安世房中歌》十七章、《郊祀歌》十九章和鼓吹曲的《铙歌》十八曲。这些乐章虽说都用于贵族典礼，但区别也很明显。

刘邦唐山夫人所作的《安世房中歌》，是因袭周代的乐歌，《宋书·乐志》说："周又有《房中之乐》，秦改曰《寿人》。其声，楚声也。汉高好之，孝惠改曰《安世》。"《郊祀歌》和《铙歌》，一为"新声曲"，一为军乐，与先王的雅乐相对而言，也就是所谓"郑声"。由于它们的性质、用途与《安世房中歌》相同，因此很快就在贵族殿堂上升级雅化了。

《郊祀歌》和《镜歌》的性质和用途与《安世房中歌》相同，深受贵族的喜爱

郊祭是封建统治者祈求
神灵保佑江山绵长的一
项活动

　　《郊祀歌》十九章的撰制，是乐府初创之际的一件大事。"是时，上方兴天地诸祠，欲造乐，令司马相如等作诗颂，延年辄承意弦歌所造诗，为之新声曲。"郊祭是封建统治者祈求神灵保佑江山绵长的活动，《郊祀歌》都是对天地神祇的颂歌。如《青阳》《朱明》《西颢》《玄冥》四首分咏春、夏、秋、冬，是所谓"迎时气之乐章"；《天地》《惟泰元》《五神》是祀太一神武帝的歌曲；还有颂日的《日出入》，祭泰山的《天门》，以及记述祥瑞，迎神送神等作。他们的作者，除司马相如外，可知的大约还有邹阳，其余也当出于当时

《日出入》 用奇幻恢弘之笔，赞美太阳升降出入，奔驰不息

宫廷词臣之手。以赋家铺扬之笔做歌，因而无不写得气势卓立，辞采缤纷而又深奥。

又如《日出入》一章：

日出入安穷？时世不与人同。故春非我春，夏非我夏，秋非我秋，冬非我冬。泊如四海之池，偏观是邪谓何？吾知所乐，独乐六龙。六龙之调，使我心若。訾，黄其何不徕下？

这首对太阳神的颂歌，用奇幻恢弘之笔，赞美太阳升降出入，奔驰不息，永世长存，讴歌了它以驾驶龙马，周游天宇为乐事的伟大胸襟。诗最后盼望日神降临，歆享人间虔诚供奉的粢盛牲醴。可以说与屈原《九歌·东君》对太阳的礼赞，有异曲同工之妙。

《郊祀歌》文字古奥，形式却很新颖。除先秦习见的四言体外，又有三言诗及三、四、五、六、七言兼备的杂言诗，尤以七言句的大量使用为一大特色。如《景星》后半首接连十二句七言，在西汉极为罕见。《天地》篇说："发梁扬羽申以商，迷兹新音永久长。"这些地方正显示出它的"新变声"的特色，而成为后世七言诗的滥觞。

《铙歌》十八曲也是西汉的作品。《铙歌》原系军乐，但在汉代使用范围极其广泛，无

水深激激，蒲苇冥冥

论朝会、道路、赏赐、宴乐，甚至大臣殡葬送丧都用之，故庄述祖说："短箫铙歌之为军乐，特其声耳。其辞不必皆序战阵之势。"歌词内容相当庞杂，只有《战城南》咏战争，其余都与朝会、道路、狩猎等有关。

《战城南》是一首哀悼阵亡将士之歌：

战城南，死郭北，野死不葬乌可食。为我谓乌："且为客豪，野死谅不葬，腐肉安能去子逃？"水深激激，蒲苇冥冥。枭骑战斗死，驽马徘徊鸣。……

暮色昏沉、水流湍急的蒲苇滩上，男

儿的尸体横陈着，正在被乌鸦啄食。这是多么悲壮惨烈的画面！诗人继而又大发异想：恳求乌鸦且慢啄食，先为这些异乡的战士号哭招魂，他们死于荒野，无人埋葬，腐烂的尸体怎能逃脱你们的嘴呢？新奇的构思中蕴藏了多少悲痛啊！诗的后半首笔锋突转："禾黍不获君何食？愿为忠臣安可得？"没有收成，士卒拿什么充饥？饥乏之躯，又怎能为国力战？于尖锐的责问中充满了愤激之情。从武帝时代起，汉统治者接连发动战争，"当此之时，军旅数发，父战死于前，子斗伤于后，女子乘亭障，孤儿号于道，老母寡妇，饮泣巷哭"。《战

从武帝时代起，汉统治者接连发动战争

城南》从一个侧面反映了民众对这类战争的怨恨。

汉乐府诗中纯粹写男女情爱的极少，因此，《有所思》和《上邪》一直为人们所重视。《有所思》刻画失恋女子的心理。她原先对情人爱得那么深，用贵重的"双珠玳瑁簪"作信物，还要"用玉绍缭之"；而一旦得悉情人变心，将信物"拉杂催烧之"还不解恨，更要"当风扬其灰"。诗就像把两个对照鲜明的特写镜头掇联在一起，从而凸现出她的无限痴情。

《上邪》的写法更为奇特：

上邪，我欲与君相知，长命无绝衰。山无陵，江水为竭，冬雷震震，夏雨雪，天地合，乃敢与君绝。

《有所思》刻画了失恋女子的心理

整首诗都是情人决不变心的誓言。誓言中列举五件反常以至荒唐的事：高山夷为平地，长江水流干，冬天震雷，夏日飞雪，天地合一，来反衬对爱情的忠贞不贰。在情感的表达上，也很有浪漫色彩。后世诗词常采用此种手法，但很少有表现得如此热情奔放的。

《铙歌》十八曲都是参差不齐的杂言诗，押韵和句式极为灵活自由，可惜也大都写得佶屈聱牙，很难读懂，有些甚至无法句读。著录传抄造成的"字多讹误"是一个原因，但更重要的恐怕还是"声辞艳相杂"，表声的文字和表义的文字杂乱混淆，后人难以区分，自然无法理解。

西汉后期，《郊祀歌》和《铙歌》都划归太乐署掌管，从此与民间音乐完全绝缘。汉代以后的朝廷郊庙鼓吹乐章，内容颇多沿袭，在当时虽说是事关国典、无比隆重的乐歌，在今天看来，不过是庙堂文学的僵尸残骸。

誓言以高山夷为平地，长江水流干，冬天震雷，夏日飞雪，天地合一，来反衬男女爱情的忠贞

（二）"感于哀乐，缘事而发"的汉俗曲歌辞

班固虽不曾把那一百三十八首西汉乐

府民歌记录在《汉书》里，但对这些民歌却也做了很好的概括，这就是他说的"感于哀乐，缘事而发"。从现存不多的作品看来，包括东汉在内，这一特色确是很显著。这些民歌不仅具有丰富的社会内容，而且具有高度的思想性。它们广泛地反映了两汉人民的痛苦生活，像镜子一样照出了两汉的政治面貌和社会面貌，同时还深刻地反映了两汉人民的思想感情。

1. 社会生活的真实画卷

（1）对阶级剥削和压迫的描绘

汉代土地兼并剧烈，阶级剥削和压迫又极惨重，农民生活异常痛苦。关于这一点，就是统治阶级的御用文人也不能不承认："贫民常衣牛马之衣，食犬彘之食""卖田宅，鬻子孙以偿债"（《汉书·食货志》）。因此，在汉乐府民歌中有不少对饥饿、贫困、受迫害的血泪控诉。如《妇病行》所反映的便是在残酷的剥削下父子不能相保的悲剧：

妇病连年累岁，传呼丈人前一言。当言未及得言，不知泪下一何翩翩。"属累君两三孤子，莫我儿饥且寒！有过慎莫笪笞！行当折摇，思复念之！"乱曰：抱时无衣，襦

汉代陶俑

复无里。闭门寒牖舍,孤儿到市。道逢亲交,泣坐不能起。从乞求与孤买饵。对交啼泣,泪不可止。"我欲不伤悲,不能已。"探怀中钱持授。交入门,见孤儿啼索其母抱。徘徊空舍中,"行复尔耳,弃置勿复道!"

《妇病行》描绘了普通人苦难辛酸的生活

诗中写一个妇人久病不起,临终前再三嘱咐丈夫要好好养育孩子,不要打骂他们,可是她死了以后,孩子们无衣无食。父亲到市上去乞讨,碰到熟人,同情地给了他几个钱。回到家,见小孩子不懂母亲已经死了,还一个劲地哭着要母亲抱。这是最普通人的最普通的生活,又是充满苦难与辛酸的生活。这样的诗,是过去从来没有过的。诗中那位母亲临终之际对自己的孩子难以割舍的牵挂,字字皆泪。残酷的剥削,竟使得这个做父亲的不得不违背妻子临终时的千叮万嘱,忍心地抛弃了自己的孩子。《汉书·贡禹传》说:"武帝征伐四夷,重敛于民,民产子三岁,则出口钱,故民困重,至于生子辄杀,甚可悲痛。宜令儿七岁去齿,乃出口钱"。由此可见,当时许多贫民还有因口赋钱而杀害亲生子的,抛弃子女的惨剧也必相当普遍,并不足为异。诗言两三孤子,到市求乞的是大孤儿,啼索母抱的是小孤儿。"塞牖舍"之"舍"即徘徊空舍之"舍"。牖舍连文,看似重复,但正是汉魏古诗朴拙处,像舟船、觞杯、餐饭、晨朝、门户等连用的例子是很多的。

人民的容忍是有限度的,因此在汉乐府民歌中也反映了人民对统治阶级的实际斗争行为。在这方面,《东门行》和《陌上桑》特别值得我们珍视,它们充分地体现了人民反压迫、反剥削的斗争精神。

《陌上桑》则是通过面对面的斗争歌颂了一个反抗荒淫无耻的五马太守的采桑女子——秦罗敷,塑造了一个美丽、勤劳、机智、勇敢、坚贞的女性形象。这是一出喜剧,洋溢出乐观主义的精神。全诗分三解(解为乐歌的段落),作者用别开生面的烘托手法

汉代陶俑

让罗敷一出场就以她的惊人的美丽吸引着
读者和观众：

行者见罗敷，下担捋髭须。少年见罗
敷，脱帽著绡头。耕者忘其犁，锄者忘其锄。
来归相怨怒，但坐观罗敷。

写罗敷之美，不从罗敷本身实写，却
从旁观者眼中、神态中虚摹，是有独创性
的。这段描写，不仅造成活泼的喜剧气氛，
同时在结构上也为那"五马立踟蹰"的"使
君"做了导引。第二解是诗的主旨所在，
写使君的无耻要挟和罗敷的断然拒绝："使
君一何愚！使君自有妇，罗敷自有夫。"
第三解写罗敷夸说自己的夫婿的事功和才
貌，则又是一种机智的反击。这段夸说，

长期的对外战争给人民带来
深重的灾难

也表现了作者的爱憎，罗敷越说越高兴，那使君自然越听越扫兴。"座中数千人，皆言夫婿殊！"喜剧便是在这种充满胜利快感的哄堂大笑中结束。汉时太守（使君），照例要在春天循行属县，说是"观览民俗"、"劝人农桑"，实际上往往"重为烦扰"（见《汉书·韩延寿传》、《后汉书·崔骃传》）。《陌上桑》所揭露的正是当时太守行县的真相，所谓"重为烦扰"的一个丑恶方面，是有其特定的时代背景的。它并不是什么故事诗，更不是由故事演变而来的故事诗，而是一篇"感于哀乐，缘事而发"的活生生的现实作品。

（2）对战争和徭役的揭露

在这一方面汉乐府民歌也有不少杰作。汉代自武帝后，长期的对外战争给人民带来深重的灾难，因此有的民歌通过战死者的现身说法揭露了战场的惨状和统治阶级的残忍与昏庸，如《战城南》一诗就是如此。

全篇都托为战死者的自诉，"为我谓乌"数句尤奇，真是想落天外。战死沙场，暴骨不葬，情本悲愤，却故作豪迈慷慨语，表情愈深刻，揭露也愈有力。"梁筑室"四句，追叙战败之因，见死得冤枉。

《十五从军征》则是通过一个老士兵的自述揭露了当时兵役制度的黑暗。汉代兵役制度，据当时官方的规定是：民年二十三为正卒，一岁为卫士，一岁为材官、骑士，五十免兵役。但这首民歌却揭穿了统治阶级的欺骗，诗中的主人公足足服了六十五年的兵役，而穷老归来，仍一无抚恤，他的悲剧的结局是可想而知的。"八十始得归"，这并不是什么夸张的说法，而是客观真实。《宋书》卷一百载沈亮对宋文帝说："伏见西府兵士，或年几八十，而犹伏隶，或年始七岁，而已从役。"可见这种现象，不独汉代，而是历代都有的。

在汉乐府民歌中出现了不少流亡者的

《十五从军征》通过一个老士兵的自述揭露了当时兵役制度的黑暗

怨愤的呼声。他们有的是无家可归，如《古歌》：

秋风萧萧愁杀人，出亦愁，入亦愁。座中何人，谁不怀忧？令我白头！胡地多飙风，树林何修修。离家日趋远，衣带日趋缓。心思不能言，肠中车轮转。

诗中提到"胡地"，显然与战争有关。《悲歌》更明言"欲归家无人"，只能是"悲歌可以当泣，远望可以当归"。他们有的虽并非家中无人，却又是妻离子散。如《饮马长城窟行》便是写的一个妻子为了寻求她的丈夫而辗转流徙在他乡的事例。"远道不可思，宿昔梦见之。梦见在我旁，忽觉在他乡。他乡各异县，辗转不相见。"读这些诗句，不

秋风萧萧愁杀人

禁令我们联想起唐人张仲素的《秋闺思》：
"欲寄征人问消息，居延城外又移军。"在
封建社会，人民所受的苦难往往是相近似
的。

此外，《东光》一篇也是反对黩武战
争的，但含有游子思家的情调，士兵们并
自称"游荡子"："诸军游荡子，早行多悲
伤。"由此看来，在流亡者的怀乡曲中当
有不少士兵的作品，上述《古歌》等就很
可能是。

（3）对封建礼教和封建婚姻制的
抗议

汉代自武帝罢黜百家，尊崇儒术，封

建礼教的压迫也就随之加重。在"三从""四德""七出"等一系列封建条文的束缚下，妇女的命运更加可悲。因此，在汉乐府民歌中我们很少读到像《诗经》的"国风"所常见的那种轻松愉快的男女相悦之词，只有《江南》是个例外：

江南可采莲，莲叶何田田。鱼戏莲叶间。鱼戏莲叶东，鱼戏莲叶西。鱼戏莲叶南，鱼戏莲叶北。

《乐府古题要解》说："江南古词，盖美芳辰丽景，嬉游得时也。"可能是一首与劳动相结合的情歌。古人常以莲象征爱情，以鱼比喻女性。它可能是武帝时所采《吴楚汝

江南可采莲，莲叶何田田

南歌诗》。

但是，更多的还是弃妇和怨女的悲诉与抗议。有的因无辜被弃，对喜新厌旧的"故夫"提出了责难，如《上山采蘼芜》：

上山采蘼芜，下山逢故夫。长跪问故夫：新人复何如？新人虽言好，未若故人姝。颜色类相似，手爪不相如。新人从门入，故人从阁去。新人工织缣，故人工织素。织缣日一匹，织素五丈余。将缣来比素，新人不如故。

皑如山上雪，皎若云间月

此篇向来列入古诗，其实是"缘事而发"的民歌。张玉谷说："通章问答成章，乐府中有此一体，古诗中仅见斯篇。"（《古诗赏析》卷四）可见即从表现手法上也可以看出它不会是文人的抒情诗。从这首诗中我们可以看到这个弃妇是如何冤屈：她勤劳、能干、柔顺，但她还是被抛弃了。作者巧妙地通过"故夫"自己的招供揭示了他的丑恶的灵魂。不难想像：那个新人的命运并不会比故人好些。

有逆来顺受的弃妇，但也有敢于反抗夫权，对三心二意的男子毅然表示"决绝"的女性，如《白头吟》。诗一开头就说："皑如山上雪，皎若云间月。闻君有两意，故

汉乐府民歌中还有少数讽刺政治黑暗和权门豪族的荒淫生活的作品

来相决绝。"用雪与月表明自己的光明纯洁，而对方之卑鄙龌龊也就不在话下。切身的痛苦使得诗的主人公正确地提出了"愿得一心人，白头不相离"的爱情理想。然而在那恋爱不自由、婚姻不自由的情况下，这理想是无法实现的。这个倔强的女子终于不能不伤心得落泪，原因就在此。

　　汉乐府民歌中还保存有少数讽刺统治者卖官的政治丑剧和权门豪家的荒淫生活的。前者如《长安有狭邪行》："小子无官职，衣冠仕洛阳。"便是在讽刺卖官鬻爵。卖官之风，西汉已有，但不如东汉之甚。《后汉书·桓帝纪》和《灵帝纪》都有公开"占卖关内侯、虎贲、

羽林，入钱各有差"的记载，灵帝并"私令左右卖公卿，公千万，卿五百万"，因而出现了无官职而有官服的所谓"衣冠仕"的怪现象。又诗言"仕洛阳"，洛阳乃东汉首都，也足证应该是东汉时作品。后者如《相逢行》，极力摹写那个少年家庭如何荣华富贵，好像是句句恭维、钦羡，其实是句句奚落，是另一种讽刺手法。对较好的官吏，民歌也有表扬，如《雁门太守行》写和帝时洛阳令王涣的政绩，表现了人民的爱憎分明。东汉乐府继续采诗，这也是一个明证。

总之，通过汉乐府民歌，我们可以听

《焦仲卿妻》描写了一对男女的爱情悲剧

到当时人民自己的声音，可以看到当时人民的生活图画，它是两汉社会全面的真实的反映。它继承并发扬了《诗经》的现实主义精神，如《战城南》《陌上桑》《东门行》《妇病行》《孤儿行》《艳歌行》《上山采蘼芜》《十五从军征》等，具有很强的现实性。在描写上多用叙事体，语言朴素生动。句式有的是杂言，有的则为五言，是五言诗体的先驱者。《焦仲卿妻》（即《孔雀东南飞》）描写男女爱情悲剧，控诉封建家长制的罪恶，更是一篇中国诗歌史上罕见的长篇叙事杰作。汉乐府民歌的深刻内容和生动新颖的艺术形式，为中国古代诗歌创立了一个新的优良传统，从而对后代诗歌产生深远的影响。

2. 崭新的艺术手法和艺术形式

汉乐府民歌最大、最基本的艺术特色是它的叙事性，这一特色是由它的"缘事而发"的内容决定的。在《诗经》中我们虽然已可看到某些具有叙事成分的作品，如《国风》中的《氓》、《谷风》等。但还是通过作品主人公的倾诉来表达的，仍是抒情形式，还缺乏完整的人物和情节，缺乏对一个中心事件的集中描绘，而在汉乐府民歌中则已出现了由第三者叙述故事的作品，出现了有一定性格的人物形象和比较完整的情节，如《陌上桑》、《东门行》，特别是我们将在下一节叙述的《孔雀东南飞》，诗的故事性、戏剧性，比之《诗经》中那些作品都大大地加强了。因此，在我国文学史上，汉乐府民歌标志着叙事诗的一个新的更趋成熟的发展阶段。它的高度的艺术性主要表现在：

（1）通过人物的语言和行动来表现人物性格。有的采用对话的形式，如《陌上桑》中罗敷和使君的对话；《东门行》中妻子和丈夫的对话，都能表现出人物机智、勇敢、善良等各自不同的性格。《上山采蘼芜》和《艳歌行》的对话也很成功。如果和《诗经》的《国风》比较，就更容易看出汉乐

汉乐府民歌标志着叙事诗的一个新的更趋成熟的发展阶段

汉代乐府民歌

府民歌这一新的特色。对话外，也有采用独白的，往往用第一人称让人物直接向读者倾诉，如《孤儿行》《白头吟》《上邪》等。汉乐府民歌还注意人物行动和细节的刻画。如《艳歌行》用"斜柯西北眄"写那个"夫婿"的猜疑；《妇病行》用"不知泪下一何翩翩"写那个将死病妇的母爱；《陌上桑》用"捋髭须""著绡头"来写老年和少年见罗敷时的不同神态；《孤儿行》则更是用一连串的生活细节如"头多虮虱""拔断蒺藜""瓜车翻覆"等来突出孤儿所受的痛苦。由于有声有色，人物形象生动，因而能令人如闻其声，如见其人。

汉乐府民歌非常注重对人物行为细节的刻画

（2）语言的朴素自然而带感情的语言风格。汉乐府民歌的语言一般都是口语化的，同时还饱含着感情，饱含着人民的爱憎，即使是叙事诗，也是叙事与抒情相结合，因而具有强烈的感染力。胡应麟："汉乐府歌谣，采撷闾阎，非由润色；然而质而不俚，浅而能深，近而能远，天下至文，靡以过之！"（《诗薮》卷一）这些话正说明了这一语言的特色。汉乐府民歌一方面由于所叙之事大都是人民自己之事，诗的作者往往就是诗中的主人公；另一方面也由于作者和他所描写的人物有着共同的命

汉乐府民歌的语言能够将叙事和抒情很自然地融合在一起

汉代乐府民歌

春气动，草萌芽

运、共同的生活体验，所以叙事和抒情便很自然地融合在一起，做到"浅而能深"。《孤儿行》是很好的范例：

孤儿生，孤儿遇生，命独当苦！父母在时，乘坚车，驾驷马。父母已去，兄嫂令我行贾。南到九江，东到齐与鲁。腊月来归，不敢自言苦。头多虮虱，面目多尘，大兄言"办饭"！大嫂言"视马"！上高堂，行取殿下堂，孤儿泪下如雨，使我朝行汲，暮得水来归。手如错，足下无菲。怆怆履霜，中多蒺藜。拔断蒺藜，肠肉中，怆欲悲。泪下渫渫，清涕累累。冬无复襦，夏无单衣。居生不乐，不如早去，下从地下黄泉！春气动，草萌芽。三月蚕桑，六月收瓜。将是瓜车，来到还家。瓜车翻覆，助我者少，啖瓜者多。"愿还我蒂，兄与嫂严，独且急归，当兴校计。"乱曰：里中一何譊譊，愿欲寄尺书，将与地下父母：兄嫂难与久居！

宋长白《柳亭诗话》说："病妇、孤儿行二首，虽参差不齐，而情与境会，口语心计之状，活现笔端，每读一过，觉有悲风刺人毛骨。后贤遇此种题，虽竭力描摹，读之正如嚼蜡，泪亦不能为之堕，心亦不能为之哀也。"这话很实在，并没有冤枉"后贤"，但他还未能指出这是一个生活体验的问题。《孤儿行》对孤儿的痛苦没有做空洞的叫喊，而着重于具体描绘，也是值得注意的一个特点。

《孤儿行》对孤儿的痛苦没有做空洞的叫喊，而是着重于具体描绘

（3）艺术形式的自由和多样。汉乐府民歌没有固定的章法、句法，长短随意，整散不拘，由于两汉时代紧接先秦，其中虽有少数作品还沿用着《诗经》古老的四言体，如《公无渡河》《善哉行》等，但绝大多数都是以新的体裁出现的。从那时来说，它们都可以称为新体诗。这新体主要有两种：一是杂言体。杂言，《诗经》中虽已经有了，如《式微》等篇，但为数既少，变化也不大，到汉乐府民歌才有了很大的发展，一篇之中，由一二字到八九

汉乐府民歌具有不同程度的浪漫主义色彩

字乃至十字的句式都有，如《孤儿行》"不如早去下从地下黄泉"便是十字成句的。而《铙歌十八曲》全部都是杂言，竟自成一格了。另一是五言体。这是汉乐府民歌的新创。在此以前，还没有完整的五言诗，而汉乐府却创造了像《陌上桑》这样完美的长篇五言。从现存《薤露》《蒿里》两篇来看，汉乐府民歌中当有完整的七言体，可惜现在我们已看不到了。丰富多样的形式，毫无疑问，是有助于复杂的思想内容的表达的。

（4）浪漫主义的色彩。汉乐府民歌多数是现实主义的精确描绘，但也有一些作品具有不同程度的浪漫主义色彩，运用了浪漫主义的表现手法。如抒情小诗《上邪》那种如山洪暴发似的激情和高度的夸张，便都是浪漫主义的表现。在汉乐府民歌中，作者不仅让死人现身说法，如《战城南》，而且也使乌鸦的魂魄向人们申诉，如《乌生》，甚至使腐臭了的鱼会哭泣，会写信，如《枯鱼过河泣》：

枯鱼过河泣，何时悔复及。作书与鲂鲡，相教慎出入。

所有这些丰富奇特的幻想，更显示了作品的浪漫主义特色。陈本礼《汉诗统笺》评

《铙歌十八曲》说："其造语之精，用意之奇，有出于三百、楚骚之外者。奇则异想天开，巧则神工鬼斧。"其实，并不只是《铙歌》。特别值得注意的是《陌上桑》，从精神到表现手法都具有较明显的现实主义和浪漫主义相结合的因素。诗中的主人公秦罗敷，既是来自生活的现实人物，又是有蔑视权贵、反抗强暴的民主精神的理想形象。在她身上集中地体现了人民的美好愿望和高贵品质。十分明显，如果没有疾恶如仇的现实主义和追求理想的浪漫主义这两种精神的有机结合，以及现实主义的精确描绘和浪漫主义的夸张虚构这两种艺术方法的相互渗透，是不可能塑造出罗敷这一卓越形象的。尽管这种结合，是自发的、自然而然的，但作为一种创作经验，还是值得我们借鉴。

（三）杰出的叙事长诗《孔雀东南飞》

汉乐府民歌一般都篇幅短小，《孔雀东南飞》却长达三百五十余句，一千七百多字，篇幅之宏伟，不仅在乐府中独一无二，在整个古代诗歌史上也极为罕见。这首杰出的叙事长篇，代表了汉乐府的最高成就。《孔雀东南飞》是汉乐府叙事诗发展的高峰，也是

《陌上桑》结合了现实主义与浪漫主义的创作手法，塑造了卓越的人物形象

我国文学史上现实主义诗歌发展中的重要标志。

《孔雀东南飞》描写的是封建制度造成的一出爱情悲剧。它原名《焦仲卿妻》，最早见于徐陵所编《玉台新咏》。诗前小序说：

汉末建安中，庐江府小吏焦仲卿妻刘氏，为仲卿母所遣，自誓不嫁，其家逼之，乃投水而死。仲卿闻之，亦自缢于庭树。时人伤之，为诗云尔。

汉代陶俑

这几句话告诉了我们许多事：故事发生的时代、地点、男女主角的姓名，以及诗的作者和时代。这说明徐陵必有所据，才能这样言之凿凿。尽管由长期流传到最后写定，难免经过文人们的修饰，但从作品总体语言风格及其所反映的社会风尚看来，仍然可以肯定它是建安时期的民间创作。只以太守求婚刘家一端而论，这在门第高下区分禁严的六朝就是不能想像的事情。

1. 深刻而巨大的社会意义和思想意义

这首长篇叙事诗闪耀着强烈的反封建

精神的光芒，它以鲜明的爱憎，着力鞭笞了封建礼教对青年一代，特别是对青年夫妇的迫害。《孔雀东南飞》深刻而巨大的社会意义和思想意义在于：通过焦仲卿、刘兰芝的婚姻悲剧有力地揭露了封建礼教、封建家长制的罪恶，同时热烈地歌颂了兰芝夫妇为了忠于爱情宁死不屈地反抗封建恶势力的斗争精神，并最后表达了广大人民争取婚姻自由的必胜信念。由于它所提出的是封建社会里一个极其普遍的社会问题，这就使得这一悲剧具有高度的典型意义，感动着千百年来的无数读者。

2. 个性鲜明的人物形象的塑造

《孔雀东南飞》最大的艺术成就是成功地塑造了几个鲜明的人物形象，通过这些人物形象来表现反封建礼教的主题思想。

首先我们看到作者以无限同情的笔触全神贯注地从各方面来刻画刘兰芝这一正面人物。作者写她如何聪明美丽、勤劳能干、纯洁大方，特别是自始至终突出了她那当机立断、永不向压迫者向恶势力示弱的倔强性格。在"三日断五匹，大人故嫌迟"的无理压迫下，她知道在焦家无法活下去，她起来斗争了，

《孔雀东南飞》表达了广大人民争取婚姻自由的必胜信念

刘兰芝誓死反抗父母包办的婚姻

她主动向仲卿提出："妾不堪驱使，徒留无所施，便可白公姥，及时相遣归。"在封建社会，被遣是最不体面最伤心的事情，但当兰芝"上堂拜阿母，阿母怒不止"时，却表现得那么镇定从容，没掉一滴泪，没有流露出一点可怜相。当她被遣回家，阿兄摆出封建家长的身份逼迫改嫁，阿母又不肯做主，她知道娘家也待不下去，决定的时刻已经到来，于是心怀死志，而外示顺从，索性一口答应："登即相许和，便可作婚姻。"从而摆脱了家人的提防，得以和仲卿密定死计，并最后达到誓死反抗的目的。正是这种倔强性格和不妥协的斗争精神使刘兰芝成为古典文学中光辉的妇女形象之一。

徘徊庭树下，自挂东南枝

其次，对另一正面人物焦仲卿，作者也做了真实的描绘。他和兰芝不同，所受的封建礼教影响较深，又是个府吏，因此性格比较软弱。但他是非分明，忠于爱情，始终站在兰芝一边，不为母亲的威迫利诱动摇，并不顾母亲的孤单和"不孝有三，无后为大"的"罪名"，终于走上以死殉情的彻底反抗的道路："徘徊庭树下，自挂东南枝。"仲卿和兰芝虽"同是被逼迫"，但二人处境毕竟不尽相同。兰芝一无牵挂，仲卿则思想感情上不能不发生某些矛盾，自缢前的"徘徊"是他应有的表现。

反面人物焦母和刘兄，是封建礼教和宗法势力的代表。作者虽寥寥几笔，着墨不多，但其狰狞可恶，已跃然纸上。这些反面人物

也都是从现实生活中概括出来的，同样具有高度的典型性。

生动形象的语言逼真地刻画出了深受封建思想影响的焦母形象

3. 人物形象塑造的特点

第一是个性化的对话。对话，上述乐府民歌中已不少，但在《孔雀东南飞》中更有所发展，贯穿全诗的大量的对话，对表现人物性格起了重大的作用。兰芝和仲卿的大段对话不用说，即使是焦母、刘兄的三言两语也都非常传神。如"小子无所畏，何敢助妇语！""不嫁义郎体，其往欲何云？"便活画出这两个封建家长的专横面目。

第二是注意人物行动的刻画。如用"捶床便大怒"写焦母的泼辣，用"大拊掌"

写刘母的惊异和心灰意冷。这种刻画，在兰芝身上更加明显。特别值得我们玩索的是写兰芝"严妆"一段。被遣回家，原是极不光彩、极伤心的事，但作者写兰芝却像做喜事一样地着意打扮自己，这就不仅巧妙地借此对兰芝的美丽做了必要的补叙，并为下文县令和太守两度求婚做张本，而且有力地突出了兰芝那种坚忍刚毅、从容不迫的性格。但是，由于对丈夫的爱，兰芝内心是有矛盾的，所以作者写兰芝严妆时用"事事四五通"这一异乎寻常的动作来刻画她欲去而又不忍遽去的微妙复杂的心情。此外，如用"进退无颜仪"来写兰芝这样一个自爱自强的女性回到娘家时的尴尬情形，用"仰头答"来写兰芝对哥哥的反抗，用"举手拍马鞍"来写兰芝最后和仲卿会面时的沉痛，所有这些，都

兰芝压抑着内心的痛苦，像做喜事一样着意地打扮自己

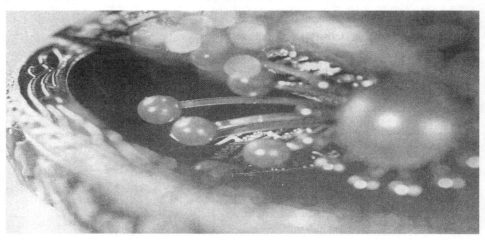

大大地加深了人物形象的生动性。

第三是利用环境或景物描写作衬托、渲染。如写太守迎亲一段，关于太守的气派真是极铺张排比之能事。但并不是为铺张而铺张，而是为了突出这一势利环境用以反衬出兰芝"富贵不能淫，威武不能屈"的品德和情操。这种豪华宝贵，正是一般人，包括兰芝的母亲和哥哥在内所醉心的。关于景物描写，如用"其日牛马嘶"来渲染太守迎亲那天的热闹场面，用"今日大风寒，寒风摧树木，严霜结庭兰"来造成一种悲剧气氛，也都能从反面或正面衬托出人物的悲哀心境。

文章大肆描写太守迎亲场面的热闹景象，反衬出兰芝的刚毅

第四个艺术特点是运用抒情性的穿插。在长达一千七百多字的叙事诗《孔雀东南飞》里面，作者的话是很少的。但是，在关键性的地方，作者也情不自禁而又不着痕迹地插上几句。如当兰芝和仲卿第一次分手时，作者写道："举手长劳劳，二情同依依。"又如当兰芝和仲卿最后诀别时，作者写道："生人作死别，恨恨那可论？念与世间辞，千万不复全！"作者已和他的主人公融成一体了，他懂得他的主人公这时的心情，因而从旁代为表白他们在彼

交枝接叶，鸳鸯相向，日
夕和鸣，象征了焦仲卿夫
妇爱情的不朽

此对话中无法表白的深恨沉冤。这些抒情性的穿插，也是有助于对人物的处境和心情的深入刻画的。诗的结语"多谢后世人，戒之慎勿忘"，虽用了教训的口吻，明白宣布写作的目的，但并不令人起反感，也正是由于其中充满着作者的同情，带有强烈的抒情性。

前面说过，汉乐府民歌的某些作品具有不同程度的浪漫主义色彩，和现实主义表现为不同程度的结合，这也是《孔雀东南飞》一个不容忽视的艺术特点。诗的末段，用松柏梧桐，交枝接叶，鸳鸯相向，日夕和鸣，来象征焦仲卿夫妇爱情的不朽。这是对叛逆的歌颂，对斗争的鼓舞，也是对理想生活的追求。从精神到表现手法，它都是浪漫主义的。我们知道，在民间流行的有关夫妻殉情的故事中，这类优美的幻想是颇多的，如韩凭夫妇、陆东美夫妇，以及晋以后流行的梁祝化蝶等。但见于诗歌，《孔雀东南飞》却是最早的。

此外，语言的生动活泼，剪裁的繁简得当，结构的完整紧凑，也都是这篇伟大的叙事长诗的艺术特色。由于思想性和艺术性的高度结合，《孔雀东南飞》影响之深远也是独特的。自"五四"运动一直到解放后，它还不断地被改编为各种剧本，为广大人民所喜爱。

汉代陶俑

（四）汉乐府民歌的特色与文学成就

文人创作辞赋是汉代文学的主流，而乐府民歌作为民间的创作，是非主流的存在。它与文人文学虽有一致的地方，但有更多不一致之处。这种非主流的民间创作，以其强大的生命力逐渐影响了文人的创作，最终促使诗歌蓬勃兴起，取代了辞赋对文坛的统治。所以，它在中国文学史上，有着极其重要的地位。

现存的汉乐府民歌数量不算多。但是，在到汉为止的中国文学史上，它显示出特异的光彩。下面，我们对其主要的特色与成就，逐一介绍。

第一，汉乐府民歌具有浓厚的生活气息，尤其是第一次具体而深入地反映了社会下层民众日常生活的艰难与痛苦。在汉代文人文学中，政论散文、辞赋，都不涉及社会下层的生活；《史记》也只记述了社会中下层中某些特殊人物的特殊经历，如医师、卜者、游侠等。至于汉代以前，只有同为民歌的《诗经》中的《国风》部分，与汉乐府民歌较为相近。但是，《国风》虽然也有比较浓厚的生活气息，它反映社会下层生活的特征并不显著，更没有具体深入地反映出这种生活的艰难与痛苦之处。《国风》中大量的关于婚姻、爱情的诗篇，我们只能说它写出了包括

汉乐府民歌反映了社会下层百姓的清贫生活

乐府民歌

《孤儿行》诗中的孤儿原是一个富家子弟，父母死后被迫远行经商

社会中下层在内的人类生活中一个具有普遍性的方面，而无法确定所写的一定是下层的或"劳动人民"的生活。反映士兵征战之苦与怀乡之情的诗篇，也只是写出了下层人民生活的一个比较特殊的方面。只有《豳风·七月》，反映了奴隶们一年四季的劳作生活，但它又只是概括性的陈述，而不是具体深入的描写，并且也仅有这一篇。因此，汉乐府民歌中的许多诗篇，读来就有耳目一新之感。《孤儿行》诗中的孤儿，原是一个富人家的子弟。但父母死后，却成为兄嫂的奴隶。他被迫远行经商，饱经风霜归来后"头多虮虱，面目多尘"，也不能稍事休息："大兄言办饭，大嫂言

孤儿的生活困苦悲惨，冬
无复襦，夏无单衣

视马”"使我早行汲，暮得水来归"。平日"冬
无复襦，夏无单衣"从"三月蚕桑"到"六
月收瓜"，什么都得干，使得这位孤儿发出
了"居生不乐，不如早去，下从地下黄泉"
的悲痛呼喊！这实际上是社会底层人物的生
活景象。

《东门行》写了一个城市贫民为贫困所
迫走向绝路的场面：

出东门，不顾归。来入门，怅欲悲。盎
中无斗米储，还视架上无悬衣。拔剑东门去，
舍中儿母牵衣啼："他家但愿富贵，贱妾与
君共哺糜。上用仓浪天故，下当用此黄口
儿！""今非，咄！行！吾去为迟。白发时
下难久居！"

无衣无食，又无任何希望的岁月，使得这位男主人公再也不能忍受，宁可铤而走险。女主人公则苦苦解劝，希望丈夫忍受煎熬，不要做违法而危险的事情。这个场面，也是非常感人的。

　　《艳歌行》写了远离家乡谋生的流浪者生活中一件细琐的小事，情感不像上述几篇那样强烈，但同样浸透了人生的辛酸：

　　翩翩堂前燕，冬藏夏来见。兄弟两三人，流宕在他县。故衣谁当补？新衣谁当绽？赖得贤主人，览取为吾绽。夫婿从门来，斜柯西北眄。"语卿且勿眄，水清石自见。"石见何累累，远行不如归！

《艳歌行》讲述了远离家乡谋生的流浪者生活 中一件细琐的小事

汉代乐府民歌
061

在异乡为别人家干活的兄弟，有幸遇上一位贤惠的女主人，愿意为他们缝补衣衫，她丈夫回来看到了，心怀猜疑地斜视着他们。这使流浪者深感"远行不如归"。然则归又如何呢？倘非为生活所迫，也就不会出门了。

其他如《战城南》写战死的士卒，横尸战场，听任乌鸦啄食。凡此种种，都写出了孤苦无助的人在人间的悲惨遭遇。这种从来就存在，而且后来也长期存在下去的生活事实在汉乐府民歌中，第一次被具体而深入地反映出来，显示了中国文学一个极大的进步，同时，也为后代诗歌提供了一种重要的、内容极其广泛的题材。由于很多诗人继承了汉乐府民歌的传统，反映民生疾苦渐渐成为中国诗歌的一种显著特色。

汉代马车画像砖

生活气息浓厚这一特点，主要表现于上述反映下层人物生活的作品中，但也不是仅有这一类作品才具备。譬如《陇西行》，赞美一位能干的主妇善于待客和操持家务，也很有生活气息。

第二，汉乐府民歌奠定了中国古代叙事诗的基础。中国诗歌一开始，抒情诗就占有压倒的优势。《诗经》中仅有少数几篇不成熟的叙事作品，楚辞也以抒情为主。到了汉

由于采取了叙事诗的形式，汉乐府民歌的生活气息十分浓厚

乐府民歌出现，虽不足以改变抒情诗占主流的局面，但却能够宣告叙事诗的正式成立。现存的汉乐府民歌，约有三分之一为叙事性的作品，这个比例不算低。《汉书·艺文志》说汉乐府民歌有"缘事而发"的特色，主要当是从这一点来说的。前面所说汉乐府民歌的第一个特色，即生活气息浓厚和深入具体地反映下层民众日常生活的艰难痛苦，也是因为采取了叙事诗的形式。这些叙事性的民歌，大多采用第三人称，表达人物事件显得自由灵活。在结构方面，也有显著特点。汉乐府民歌中的叙事诗大都是短篇，这一类作品，常常是选

《十五从军征》描写了老人
回到家乡后的悲凉境遇

取生活中一个典型的片断来表现，使矛盾集中在一个焦点上，既避免过多的交代与铺陈，又能表现广阔的社会背景。如前面说到的《东门行》，只是写了丈夫拔剑欲行、妻子苦苦相劝的场面，但诗歌背后的内容却是很丰富的。《艳歌行》同样只写了女主人为游子缝衣、男主人倚门斜视的片断，却使人联想到流浪生活的无数艰辛。《十五从军征》在这方面更为突出：

十五从军征，八十始得归。道逢乡里人："家中有阿谁？""遥看是君家，松柏冢累累。"兔从狗窦入，雉从梁上飞。中庭生旅谷，井上生旅葵。舂谷持作饭，采葵持作羹。羹饭一时熟，不知贻阿谁。出门东向看，泪落沾我衣。

一面是六十五年的从军生涯，苦苦思乡；一面是家中多少天灾人祸，亲人一一凋零。一切不说，只说老人白头归来，面对荒凉的庭园房舍和一座座坟墓，人生的苦难，社会的黑暗，乃至更多人的同样遭遇，尽在其中了。这首仅十六句的诗不仅涵量大，而且写得从容舒缓，绝无局促之感。

中国古代的叙事诗，可以说完全是在汉乐府民歌的基础上发展起来的，后代的叙事诗，在分类上一般都归属于乐府体。

老人回到家乡，迎接他的只有荒凉的庭园房舍

唐代白居易的一些作品也受到了汉乐府民歌的影响

许多名篇，直接以"歌"、"行"为名，如唐代白居易的《长恨歌》、《琵琶行》。这是表示对乐府民歌传统的继承，因为"歌"、"行"原来是乐府诗专用的名称。在写作手法上，无论短篇和长篇，也都受到汉乐府民歌的影响。

第三，汉乐府民歌表现了激烈而直露的感情。在先秦文学中我们学过了《诗经》的情感表达，指出它的总体的特征，是有所抑制而趋于平和含蕴，古人以"温柔敦厚"四字来概括。屈原的作品中，情感是相当激烈的，但作为一个失败的政治人物的抒情，又有其特殊性。汉乐府民歌可以说即接受了楚文化传统的熏陶，同时又在更广泛的生活方

《上邪》以五种绝不可能
出现的自然现象描写热恋
中的情人对于爱情的誓言

面和更强烈的程度上表现这一特点，无论
表现战争、表现爱情，乃至表现乡愁，都
尽量地释放情感。叙事诗是如此，抒情诗
更是如此。像《战城南》这样来描述战争
的惨烈就是一篇名篇。而《上邪》则以五
种绝不可能出现的自然现象描写热恋中的
情人对于爱情的誓言。诗中主人公连用了
五种绝不可能出现的自然现象，表示爱对
方一直要爱到世界的末日。《诗经》中即
使最强烈的表达，如《唐风·葛生》所说
的"夏之日，冬之夜，百岁之后，归于其居"，
比较之下，也显得平静而理智了。

对于背叛爱情的人，《有所思》又是
毫无留恋，并无《诗经》中常见的忧伤哀怨，

而是果断地愤怒地表示决裂：

有所思，乃在大海南。何用问遗君？双珠玳瑁簪，用玉绍缭之。闻君有他心，拉杂摧烧之。摧烧之，当风扬其灰。从今以往，勿复相思，相思与君绝！

诗中主人公听说对方"有他心"，立即把准备送给对方的宝贵的爱情信物折断摧毁并烧成灰，这还不够，还要"当风扬其灰"，以表示"相思与君绝"！

《古歌》和《悲歌》抒发乡愁，又是那样浓厚沉重，无法排遣。前者如下：

秋风萧萧愁杀人，出亦愁，入亦愁，座中何人，谁不怀忧？令我白头！胡地多飙风，树木何修修。离家日趋远，衣带日趋缓。心思不能言，肠中车轮转。

综上所述，可以说：汉乐府民歌在中国诗歌史上，是一次情感表现的解放。《汉书·艺文志》说汉乐府民歌是"感于哀乐"之作，便是指这一特色而言吧。对于诗歌的发展，这一点同样是很重要的。后代情感强烈的诗人，常从这里受到启发。李白的《战城南》，就是对汉乐府民歌的模仿。

第四，汉乐府民歌中，不少作品表现了对生命短促，人生无常的悲哀。汉代两首流

汉乐府民歌在中国诗歌史上是一次情感表现的解放

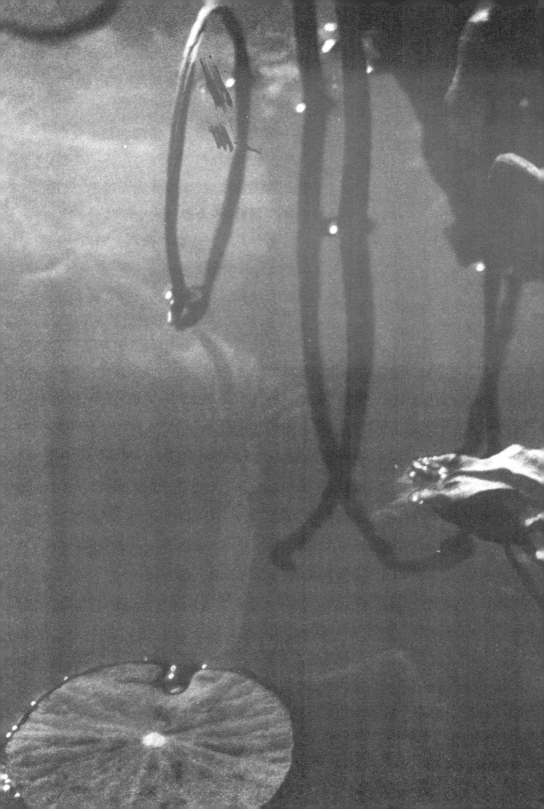

行的丧歌《薤露》和《蒿里》，就是这样的作品：

薤上露，何易晞！露晞明朝更复落，人死一去何时归！

蒿里谁家地？聚敛魂魄无贤愚。鬼伯一何相催促，人命不得少踟蹰！

前一首感叹生命就像草上的露水很快晒干一样短暂，却又不像露水又会重新降落；后一首感叹在死神的催促下，无论贤者、愚者，都不能稍有停留，都成了草中枯骨。应当指出，汉代人并不是只在送葬时唱这种歌；平时，甚至在欢聚的场合，也唱它们。《后汉书·周举传》载，外戚梁商在洛水边大会宾客，极尽欢乐，"及酒阑倡罢，续以《薤露》

露晞明朝更复落，人死
一去何时归

百川东到海，何日
复西归

之歌，座中闻者，皆为掩涕"。这似乎常
常在提醒自己：乐极生悲，欢尽哀来。从
中可以感受到汉人普遍的感伤气质。

　　生命的短促，是人类永远无法克服的
事实。出于对美好人生的珍爱，因此而感
到悲伤，也是自然的感情。而同样从这种
伤感出发，人们又表现出不同的人生态度。
《长歌行》强调了努力奋发：

　　青青园中葵，朝露待日晞。阳春布德
泽，万物生光辉。常恐秋节至，焜黄华叶
衰。百川东到海，何日复西归？少壮不努
力，老大徒伤悲！

　　诗人以朝露易晞、花叶秋落、流水东

诗人感叹人生的短暂和光
阴的一去不返

去不归来比喻生命的短暂和一去不复返，由
此咏出了"少壮不努力，老大徒伤悲"的千
古绝唱。而面对同样事实，在《怨歌行》中，
得出的结论是"当须荡中情，游心恣所欲"。
《西门行》更进一步说："昼短苦夜长，何不
秉烛游？"从今天的眼光看，《长歌行》所
提倡的，或许更为积极可取。但《怨歌行》《西
门行》所提倡的及时享乐，也包含着紧紧抓
住随时可能逝去的生命的意识。汉乐府民歌
中还有一些游仙诗，也是以一种幻想的方式，
来反抗生命短促的事实。汉乐府民歌的这一
种特色，与同时代的文人诗大体上是一致的，
只是民歌中表现得更为强烈而直露。到了魏

晋南北朝时代，感叹人生短促，并由此出发寻求各种解脱的途径，更成为文学尤其是诗歌的中心主题，游仙诗也进一步发展。所以，在文学史上，这也是值得重视的现象。

第五，汉乐府民歌表现了生动活泼的想像力。如《枯鱼过河泣》中的枯鱼（鱼干）竟然会哭泣懊悔，并会写信给其他鱼类，告诫它们出入当心；《战城南》中的死者，竟会对乌鸦说话，要求乌鸦为他号丧；《上邪》所设想的一连串不可能之事，都有"异想天开"之妙。如《古歌》以"腹中车轮转"喻忧愁循环不息；《薤露》以草上之露喻人生

汉乐府民歌蕴含着生动活泼的想象力

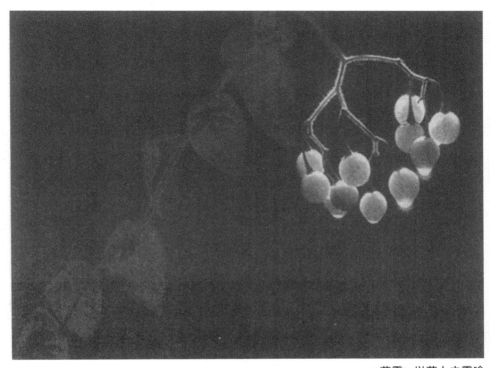

之短促；《豫章行》以山中白杨被砍伐运走、与根相离，喻人被迫离乡等等。这种生动活泼的想象力，是先秦诗歌和汉代文人诗中较少出现的。其实，这也是整个汉乐府民歌的普遍特色。这一特色也给后人以一定的启发。

第六，汉乐府民歌使用了新的诗型：杂言体和五言体。其整个趋势，则使整齐的五言体越来越占优势。

杂言体诗在《诗经》中已有，如《式微》

《楚辞》

《伐檀》等篇。但《诗经》中这种诗为数甚少，在大量的四言体诗中，显得很不起眼，而且就是杂言体的诗，句式的变化也较小。

《楚辞》中的多数作品，句式也不是整齐划一的，但总是有些规则，大体上以五、六、七言句为主。汉乐府民歌则不然，它的杂言体诗完全是自由灵活的，一篇之中从一二字到十来字的都有。应该说，民歌的作者，只是按照内容的需要写诗，并不是有意要写成这样，也就是说，并不是有意要创造一种新的诗型。但它的杂言形式，确实有一种特殊的美感和艺术表现上的灵活生动之便。所以到了鲍照等诗人，就开始有意识地使用乐府

的杂言体，以追求一定的效果，到了李白手中，更把杂言体的妙处发挥到极致。于是，杂言也就成为中国古诗的一种常见类型。

西汉的乐府民歌中，《铙歌》十八曲全都是杂言，《江南》则是整齐的五言。另外，像《十五从军征》等也有人认为是西汉作品。但不管怎样说，到了东汉以后，乐府民歌中整齐的五言诗越来越多，艺术上也越来越提高，是没有疑问的。这个过程，大概是同汉代文人诗相互影响、相互作用而形成的。在东汉中后期，文人的五言诗也日趋兴盛。而且，一般所说的"民

汉乐府民歌是魏晋南北朝诗歌的
主要形式

汉代陶俑

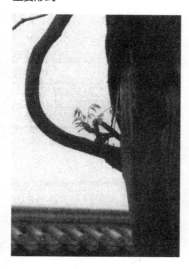

歌",尤其是上述语言技巧相当高的"民歌",
也难以排斥经过文人修饰甚或出于文人之手
的可能。在汉代乐府民歌中和文人创作中孕
育成熟的五言诗体,此后成为魏晋南北朝诗
歌最主要的形式。

乐府民歌

三、南北朝乐府民歌

由于自然环境等方面的差异，南北朝民歌也呈现出不同的特点

南北朝乐府民歌是继周民歌和汉乐府民歌之后以比较集中的方式出现的又一批人民口头创作，是我国诗歌史上又一新的发展。它不仅反映了新的社会现实，而且创造了新的艺术形式和风格。一般说来，它篇制短小，抒情多于叙事。

南北朝民歌虽是同一时代的产物，但由于南北朝长期处于对峙的局面，在政治、经济、文化以及民族风尚、自然环境等方面又存在着明显的差异，因而南北朝民歌也呈现出不同的色彩和情调。南朝民歌清丽缠绵，更多地反映了人民真挚纯洁的爱情生活；北朝民歌粗犷豪放，广泛地反映了北方动乱不安的社会现实和人民的生活风习。南朝民歌中的抒情长诗《西洲曲》和北朝民歌中的叙事长诗《木兰诗》，分别代表着南北朝民歌的最高成就。南北朝时期，也像汉代一样，设有专门的乐府机关，采集诗歌，配合音乐演唱。这些乐府诗中有民间歌谣，也有贵族文人的作品，其中民歌部分更为新鲜活泼，更具艺术的魅惑力量。

《乐府诗集》所谓"艳曲兴于南朝，胡音生于北俗"，正扼要地说明了这种不同。南歌的抒情长诗《西洲曲》和北歌的叙事长

"吴声歌曲"产生于江南吴地

诗《木兰诗》，为这一时期民歌生色不少，《木兰诗》尤为卓绝千古。

（一）清丽委婉的吴声西曲歌辞

南朝乐府民歌大部分保存在清商曲辞中。清商曲是我国古代主要的通俗乐曲，许多民歌都配合这种音乐演唱。南朝的清商曲又分为若干类，其中最重要的是"吴声歌曲"和"西曲歌"两类，民歌大多都属于这两类。"吴声歌曲"产生于江南吴地，以当时的首都建业（今南京）为中心地带。"西曲歌"产生于长江中游和汉水两岸的城市——荆（今湖北江陵县）、郢（今湖北宜昌县）、樊（今湖北襄樊市）、邓（今河南邓县）等地。

这些都是当时的重镇，是商业发达的城市。因此，这些民歌所反映的多是城市生活，和汉乐府之多反映乡村生活不同。

南朝民歌清丽缠绵，更多地反映了人们真挚纯洁的爱情生活

"吴声歌曲"和"西曲歌"现存约近五百首，其中大部分是民歌。这些歌在内容上几乎全是表现男女爱情生活的，且又有十之八九出自女子之口。诗歌中生动地描写了少男少女彼此间真诚的爱慕，会面时天真愉快的神情和活动，离别以后沉重而又痛苦的相思情绪。描写得真挚而又深刻，字里行间洋溢着生命的热情和力量，表现了人民群众在爱情生活方面的积极行动和美好愿望。在那个时代，在封建礼教强大的统治威力的笼罩下，男女间正当的

爱情经常得不到满足，反而受到许多的折磨和迫害，因而，热烈而又大胆地歌唱男女爱情的这类诗歌具有一定的进步意义。但有些歌词为妓女婢妾所作，其中某些情歌因之含有较浓厚的色情成分和脂粉气。

"吴声歌曲"中以《子夜歌》为最著名，一共四十二首，都以描写少女热恋为题材。它往往运用单纯朴素的语言，自然和谐的音调，来表达少女怀春的心情，委婉而生动，充满着天真活泼的情趣。也有描写因失恋而产生的悲愁和痛苦的，这类诗歌往往通过女子之口说出她们的焦灼甚至绝望的情绪。如

《子夜歌》以淳朴的语言生动地表达了少女的怀春心绪

《子夜歌》：

夜长不得眠，明月何灼灼。想闻散唤声，虚应空中诺。

这诗明白如话，写的是一女子对情人的缠绵思念之情。诗中通过对这女子望着深邃的夜空和皎洁的明月，辗转反侧，不能成寐的描绘，把其内心世界无法排遣的思念之情和孤寂之感委婉地透露出来。这女子望着明月，思念着远方的爱人，望得发了呆，想得出了神，朦胧中仿佛听到情人断断续续地在呼唤自己，情不自禁地答应一声，这乃是虚幻。当她发觉情人并没

女子在夜里望着皎洁的明月，思念着远方的爱人，迟迟不能入睡

有呼唤自己，夜空还是万籁俱寂，看到的依然是高悬的一轮明月，她是多么的失望和痛苦啊！

"吴声歌曲"除了写少女热恋，企盼情人回归与之团聚的内容外，有些诗歌还反映了男子负心及封建社会恋爱不自由而造成的爱情悲剧。如：

郎为旁人取，负侬非一事。绮门不安横，无复相关意。(《子夜歌》)

我与欢相怜，约誓底言者？常叹负情人，郎今果成诈。(《懊侬歌》)

诗中反映了封建社会中男女地位的不平等，男性遗弃女性，往往不会受到应有的制裁，女性则得不到合理的保障。在这种可悲的处境中，女性只能在主观上希冀对方永不变心：

仰头看桐树，桐花特可怜。愿天无霜雪，梧子（指男性）解千年。(《子夜秋歌》)

《华山畿》是写一位少男在华山附近邂逅一位少女，"悦之无因，感心疾而死"。葬时经过华山少女家，驾车的牛停步不肯向前。少女出来唱了一曲悲歌，棺盖忽然应声打开，她跳进去殉情而死了，这个故事真实地反映了封建社会中男女间没有社

《华山畿》反映了封建社会对男女爱情的禁锢和摧残

"西曲歌"描写了女子在江边的别情

交和恋爱的自由，相思的痛苦折磨着他们，甚至牺牲了生命，他们幻想在死亡中获得解放，获得幸福的生活。它反映了封建社会的罪恶，反映了人民对于爱情的强烈愿望。

"西曲歌"中的重要歌词，有《三洲歌》《石城乐》《孟珠》《估客乐》《乌夜啼》《莫愁乐》《襄阳乐》等，大都是描写女子的别情。南朝时代，商业发达，长江中、下游地区的许多城市都相当繁荣，商人阶层生活更加富裕，这就刺激了他们对于浪漫爱情的追逐和渴求，而他们中有些是来往客商，经常离别远行，因而江边送别的现象普遍存在。这些歌词就是这种现实的反映。如：

布帆百余幅，环环在江津。执手双泪落，

何时见欢还？（《石城乐》）

闻欢下扬州，相遇楚山头。探手抱腰看，江水断不流！（《莫愁乐》）

"吴声歌曲"和"西曲歌"在描写爱憎的时候，常常使用了巧妙的比喻和夸张的手法，发挥了丰富的想像，使它的思想内容表现得非常生动突出。例如《子夜歌·年少当及时》篇，拿霜下草恰当地比喻了青春的容易消逝，使人明白应及时相爱。又如《读曲歌》用突然掉入井里的飞鸟来比喻一个刚听到对方变心的女子的骤然从欢愉转为悲愁的思想情感，刻画得非常生动。

《华山畿》形容女子悲痛落泪时，把泪水夸张得如同江水一般，它可以使身子沉没，不但表现了丰富的想像力，而且充分地表现了女子对于爱情的热烈态度。

北朝乐府民歌保存于乐府横吹曲辞的横吹曲中。横吹曲是军队中应用的音乐，要求雄伟悲壮。我国古代西北民族的乐曲，由于他们的风俗习惯等原因，常适用于军乐，而为中原文化所吸收。汉代的横吹曲，相传系张骞从西域传来，但歌辞没有流传下来。南北朝时代南北两朝在政治方面形成对峙，但在文化方面彼此还是互相交流的。南朝的吴声西曲，在北魏孝文帝宣武帝时即已传入北朝，成为北朝上层阶级常常欣赏的娱乐品。

《华山畿》形容女子悲痛落泪就如同江水一般

（二）质朴刚健的鼓角横吹曲辞

北朝的乐府民歌真实地记录了
游牧民族的生活状态

北朝的乐曲，也自东晋时代开始陆续传人南朝。横吹曲中的梁鼓角横吹曲，就是长时期从北入南的乐歌被梁代乐府官署所采用演唱的部分。

北朝的乐府民歌，数量上远不如南朝的多，但内容却广泛地反映了社会生活的各个方面，像汉乐府一般显得丰富多彩，而不似吴声、西曲那样单调，它真实地记录了游牧民族的生活状态，从很多方面表现出北方民族的刚强爽直，充满了北方的景色和风趣。

天苍苍，野茫茫，风吹草低见牛羊

在北朝民歌中，描写游牧生活的，以《敕勒歌》为代表作：

敕勒川，阴山下。天似穹庐，笼盖四野。天苍苍，野茫茫，风吹草低见牛羊。

这首诗仅二十七个字，但自然高妙，浑朴苍茫，艺术地再现了草原风光，全诗纯系自然景物之描写，但这些自然景物又是歌者即目所见，使主人公的形象隐现在茫茫草原之中，使人感受到作者对草原风物的热爱之情。它粗犷之中，杂有豪迈之气，"无我之境"中有"我的形象"，诗中"我"的形象融化在自然景色之中。《敕勒歌》虽篇幅短小，但自问世后一直成为人们传诵不衰的名篇，具有无比的魅力。

《陇头歌》反映了游子飘零的艰苦生活

反映游子飘零的，如《陇头歌》：

陇头流水，流离山下。念吾一身，飘然旷野。朝发欣域，暮宿陇头。寒不能语，舌卷入喉。陇头流水，鸣声幽咽。遥望秦川，心肝断绝。

它通过"寒不能语，舌卷入喉"的苦寒状况来刻画游子飘零的痛苦，写得非常逼真。

北朝社会，战争是一个最突出的现象，整个北朝的历史几乎与战争相始终。由于战争的频繁，兵役和徭役迫使大批人民离开本土，转徙道路，这些反映流亡生活的怀土思乡之作，就是当时社会现实的写照。

描写爱情方面的，北朝民歌也具有独

北朝民歌描写的爱情质朴、爽快，与江南儿女的缠绵悱恻不同

特的风格，如《折杨柳枝歌》中写少女怀春，那种大胆、坦白而勇敢地诉说自己的心情，充分显示出北方民族的爽快、质朴的性格，它和江南女儿那种缠绵婉转的抒情大相径庭。

（三）女性英雄的赞歌《木兰诗》

《梁鼓角横吹曲》中的长篇叙事诗《木兰诗》，是北朝民歌中极为杰出的作品。关于此诗的作者及产生的时代问题，自北宋以来即众说纷纭。目前学术界一般认为，陈释智匠《古今乐录》已录此诗，故其产生时代不会晚于陈代。此诗最初当为北朝民间传唱，在长期的流传过程中，可能经过隋唐文人的

唧唧复唧唧，木兰当户织

润色加工，以致"中杂唐调"。它和《孔雀东南飞》是我国诗歌史上的"双璧"。《木兰诗》全文如下：

唧唧复唧唧，木兰当户织。不闻机杼声，惟闻女叹息。

问女何所思，问女何所忆。女亦无所思，女亦无所忆。昨夜见军帖，可汗大点兵，军书十二卷，卷卷有爷名。阿爷无大儿，木兰无长兄，愿为市鞍马，从此替爷征。

东市买骏马，西市买鞍鞯，南市买辔头，北市买长鞭。旦辞爷娘去，暮宿黄河边，不闻爷娘唤女声，但闻黄河流水鸣溅溅。旦辞黄河去，暮至黑山头，不闻爷娘唤女声，但闻燕山胡骑鸣啾啾。

万里赴戎机，关山度若飞。朔气传金柝，寒光照铁衣。将军百战死，壮士十年归。

归来见天子，天子坐明堂。策勋十二转，赏赐百千强。可汗问所欲，木兰不用尚书郎；愿驰千里足，送儿还故乡。

爷娘闻女来，出郭相扶将；阿姊闻妹来，当户理红妆；小弟闻姊来，磨刀霍霍向猪羊。开我东阁门，坐我西阁床，脱我战时袍，著我旧时裳，当窗理云鬓，对镜帖花黄。出门看火伴，火伴皆惊忙：同行十二年，不知木兰是女郎。

当窗理云鬓，对镜帖花黄

《木兰诗》讲述了木兰代
父从军的传奇故事

雄兔脚扑朔，雌兔眼迷离；双兔傍地走，安能辨我是雄雌？

这首我国南北朝时期北方的长篇叙事民歌，记述了木兰女扮男装，代父从军，征战沙场，凯旋，建功受封，辞官还乡的故事，充满传奇色彩。本文约作于北魏迁都洛阳以后，中经隋唐文人润色。保存在郭茂倩《乐府诗集·梁鼓角横吹曲》中的北朝乐府民歌，有的是用汉语创作，有的则为译文，虽然只有六七十首，却内容深刻，题材广泛，反映了广阔的社会生活，与南方民歌的细腻委婉清秀大相异趣，显示出北朝的粗犷豪放的气概，呈现出另外一种风情民俗的画卷。

《木兰诗》显示出北朝人粗犷豪放的气质

北朝民歌反映了当时广阔的社会生活

南北朝乐府民歌

黄河流水鸣溅溅

开头两段，写木兰决定代父从军。诗以"唧唧复唧唧"的织机声开篇，展现"木兰当户织"的情景。然后写木兰停机叹息，无心织布，不禁令人奇怪，引出一问一答，道出木兰的心事。木兰之所以"叹息"，是因为天子征兵，父亲在被征之列，父亲既已年老，家中又无长男，于是决定代父从军。

第三段，写木兰准备出征和奔赴战场。"东市买骏马……"四句排比，写木兰紧张地购买战马和乘马用具；"旦辞爷娘去……"八句以重复的句式，写木兰踏上征途，马不停蹄，日行夜宿，离家越远思亲越切。这里写木兰从家中出发经黄河到达战地，只用了两天就走完了，夸张地表现了木兰行进的神速、军情的紧迫、心情的急切，使人感到紧张的战争氛围。其中写"黄河流水鸣溅溅""燕山胡骑鸣啾啾"之声，还衬托了木兰的思亲之情。

第四段，概写木兰十来年的征战生活。"万里赴戎机，关山度若飞"，概括上文"旦辞……"八句的内容，夸张地描写了木兰身跨战马，万里迢迢，奔往战场，飞越一道道关口，一座座高山。"朔气传金柝，寒光照铁衣"，描写木兰在边塞军旅的艰苦战斗生活的一个画面：在夜晚，凛冽的朔风传送着刁斗的打更声，寒光映照着身上冰冷的铠甲。"将军百战死，壮士十年归"，概述战争旷日持久，战斗激烈悲壮。将士们十年征战，历经一次次残酷的战斗，有的战死，有的归来。而英勇善战的木兰，则是有幸生存、胜利归来的将士中的一个。

第五段，写木兰还朝辞官。先写木兰朝见天子，然后写木兰功劳之大，天子赏赐之多，再说到木兰辞官不就，愿意回到自己的故乡。"木兰不用尚书郎"而愿"还故乡"，固然是她对家园生活的眷念，但也自有秘密在，即她是女儿身。天子不知

木兰思念家乡，不愿在朝做官

木兰回到家中后也显露出了
对女儿妆的喜爱

底细，木兰不便明言，颇有戏剧意味。

第六段，写木兰还乡与亲人团聚。先以父母姊弟各自符合身份、性别、年龄的举动，描写家中的欢乐气氛；再以木兰一连串的行动，写她对故居的亲切感受和对女儿妆的喜爱，一副天然的女儿情态，表现她归来后情不自禁的喜悦；最后作为故事的结局和全诗的高潮，是恢复女儿装束的木兰与伙伴相见的喜剧场面。

第七段，用比喻作结。以双兔在一起奔跑，难辨雌雄的隐喻，对木兰女扮男装、代父从军十二年未被发现的奥秘加以巧妙的解答，妙趣横生而又令人回味。

这首诗塑造了木兰这一不朽的人物形象，既富有传奇色彩，而又真切动人。木兰既是奇女子又是普通人，既是巾帼英雄又是平民少女，既是矫健的勇士又是娇美的女儿。她勤劳善良又坚毅勇敢，淳厚质朴又机敏活泼，热爱亲人又报效国家，不慕高官厚禄而热爱和平生活。在木兰身上体现了劳动人民的高贵品质，特别是她以女性身份而做出这一英雄事迹，这在以男性为中心的封建社会里是不敢想象的事情。一千多年来，木兰代父从军的故事在我国家喻户晓，木兰的形象一直深受人们喜爱。

《木兰诗》在生活场景的描写上用了很多笔墨

这首诗具有浓郁的民歌特色。全诗以"木兰是女郎"来构思木兰的传奇故事，富有浪漫色彩。繁简安排极具匠心，虽然写的是战争题材，但着墨较多的却是生活场景和儿女情态，富有生活气息。诗中以人物问答来刻画人物心理，生动细致；以众多的铺陈排比来描述行为情态，神气跃然；以风趣的比喻来收束全诗，令人回味。这就使作品具有强烈的艺术感染力。

诗中复合、排比、对偶、问答的句式；迭字、比喻、夸张的运用；既有朴实自然的口语，又有对仗工整、精妙绝伦的律句。虽然可能经过后世文人的加工润色，但全诗生动活泼、清新刚健，仍不失民歌本色，不愧是千百年来脍炙人口的优秀诗篇。

《木兰诗》具有乐府民歌的独特风格。开篇采用的一问一答，是民歌中常见的。《木兰诗》语言生动质朴，极少雕饰斧凿："小弟闻姊来，磨刀霍霍向猪羊"，流传千百年来，至今仍是人们津津乐道的口语；除了"万里赴戎机"六句文字比较典雅外，其余都保留着民歌的形式和风格，连锁、问答、排比、重叠等形式的运用，都与民歌大致相同。而且语言丰富多彩，有朴素自然的口语，有恰当谐适的排比，也有新奇幽默的比喻，这都是当时文人的拟作中所没有的。既然《木兰

《木兰诗》具有乐府民歌的
独特风格

诗》是北方民歌，篇幅颇长，又多长短句，是否被乐府机关入乐演唱？有专家认为，此歌是能够入乐演唱的。单就原韵来说，篇幅较长的乐府诗歌大都是隔几句换一个韵，很少一韵到底，这样才能使演唱的歌曲音节复杂而有变化。《木兰诗》一共换了七个韵，也可以说是七种曲子，这就相当于一个题下七首曲子。所不同者，这里则是一个完整的歌子。好多民歌每韵的句数比较整齐，而《木兰诗》的句数却比较参差。正因为它曾为乐人所演唱，所以古往今来都被收入乐府歌中，而且直到现在，仍有评弹艺人在演唱《木兰诗》。

鲍照的作品具有强烈的生活气息和现实内容

南北朝乐府民歌，开辟了一条五言、七言绝句抒情小诗的新道路。《木兰诗》的出现，使南北朝民歌有了很大的进步，这种刚健清新民歌的出现，对当时形式主义文风起了冲击的作用，因而影响很大。同时，在表现手法上，如口语的运用，对后代诗人也有借鉴作用。

（四）鲍照对乐府民歌的继承与发展

鲍照（约公元414—466年），字明远，出身寒庶，少时多才。一般文学史都将鲍照与谢灵运、颜廷之并称为南北朝时期刘宋永嘉时代三大文人。鲍照的诗歌特别是他的乐府诗，具有强烈的生活气息和丰富的现实性内容，形成了雄壮有力的艺术风格。鲍照创作了大量的乐府诗歌，特别是他的七言乐府和以七言为主的杂言乐府成就最高，对后世文坛产生了巨大影响。其代表作品为《拟行路难》十八首。他的出现对乐府民歌的继承与发扬光大起到了至关重要的作用。

1. 鲍照的乐府诗与汉乐府民歌

《诗经》开创了中国现实主义的先河。可随着历史的发展，到汉代时，由于受儒家思想的影响，文学创作中也浸透着"乐而不淫，哀而不乐"的思想和"温柔敦厚"的儒家教义，《诗经》的现实主义被随意歪曲，致使现实主义的创作精神得不到较好的发扬。只有汉乐府继承了《诗经》的现实主义精神，特别是其中的民歌部分，更是具有深厚的现实主义色彩，具体深刻地反映了当时一般民众日常生活的艰辛与痛苦。鲍照正是继承了这一光荣传统，多方面反映了当时的现实生活和人民的痛苦与挣扎。如《采桑》《代蒿里行》《代挽歌》等均属于汉乐府中"相和歌辞"的一类，《代陈思王白马篇》《代苦热行》等属于汉乐府中的"杂曲歌辞"，而"相和歌辞"和"杂曲歌辞"都是汉乐府中最具现实主义色彩的作品。鲍照所使用的属于"杂曲歌辞"的一类作品，多是过去已失传，而被魏晋文人如曹植、陆机等人所使用过的，自然继承了现实主义的文学传统。汉乐府民歌多用四言、五言、七言和杂言等多种形式，鲍照也是如此，他的七言诗之所以取得那么高的成就，与他注意学习汉乐府诗歌有着密不可分的关系。

汉乐府民歌具有强烈的现实主义色彩

2. 鲍照乐府诗与南朝乐府民歌

鲍照十分重视和认真学习南朝的乐府民歌。在当时，吴歌、西曲被视为里巷歌谣的情况下，他却十分推崇南朝民歌作品自然天成的艺术魅力，在他的乐府诗中，有三十多首清新明丽、优美动人的小诗，其中《吴歌》三首和《采菱歌》七首是其代表作，这些作品不仅具有汉魏乐府民歌质朴刚健的风格，而且具有南朝乐府民歌艳丽浅俗的特点，这自然是他学习南朝乐府民歌与继承汉魏民歌特点的结果。

吴歌、西曲产生于长江中下游地区，流行于齐梁时代，主要内容是反映男欢女爱的爱情歌曲。鲍照的这类作品一般都学习了南

吴歌、西曲产生于长江中下游地区

梅花一时艳，竹叶千年色

朝乐府民歌五言四句的形式，但鲍照的这类作品的内容却是利用情歌的形式，巧妙抒发自己怀才不遇的情怀。如《采菱歌》第四"要艳双屿里，望美两洲间"、第五"空抱琴中悲，徒望近关泣"等，写他想与才德兼备的美女相见而美女没来时的烦闷、悲愁，实际是抒发自己怀才不遇的悲愤。《中兴歌》里"梅花一时艳，竹叶千年色，愿君松柏心，采照无穷极"中说的君子并不是单指的梦中情人，而是另有所指，象征赏识自己的君主。

鲍照的《吴歌》三首和《采菱歌》七首等诗，均写得细腻优美，深得江南乐府民歌的妙处，在修辞和音韵等方面也达到

鲍照的乐府诗歌气势雄壮而
深沉，感情不受拘束，直抒
胸臆

了相当高的水平，鲍照在自己的创作中融合了南朝乐府民歌善用比喻、流畅自然的手法，从而形成了凝练通脱的语言风格，在内容和主题上，鲍照的乐府诗与当时流行的吴歌相比，虽然学习了它们的长处，但却与之大相径庭。其中大多数是巧妙地借助情歌内容和形式来抒发自己的慷慨之情，突破了南朝乐府民歌狭小的思想内容范围，是其乐府诗所具有的独特风格。

3. 鲍照乐府民歌的艺术成就

鲍照从当时的社会现实出发，创造性地运用乐府旧题和自创新题，创作出大量反映时事、民众苦难，咏唱自己怀才不遇的感慨以及人生无常、及时行乐的乐府诗歌。他的《代少年时至衰老行》《代阳春登荆山行》《代贫贱苦愁行》《代边居行》都不在《乐府诗集》中，说明是鲍照的自创新题。

鲍照不仅自己善于向古人学习，而且还为后世人提供了新的经验，开拓了新的领域。鲍照的乐府诗歌气势雄壮而深沉，感情不受拘束，直抒胸臆，对读者具有惊心动魄的感染力。他的乐府诗想象丰富大胆，巧妙地运用了比兴、夸饰等多种艺术手法，使诗歌的形象变得更加鲜明和深刻。他善于撷取生活中与自己思想感情相通的事物，通过借助想象和运用比兴等艺术手法，来表达、寄托自己的思想感情，既避免了由于一味地直抒胸臆而流于平淡，又能很好地唤起读者的联想，让人感到情感淋漓尽致。

在诗歌的艺术表现和艺术手法上，他所描写的自然景物大都具有鲜明生动的形象。他不像同时代的其他诗人那样只是单纯地模山范水，而是将山水诗的表现手法移植到他的乐府诗中，诗句工整对仗。鲍照的乐府诗歌注重每首诗的起调和结束之处，在他的《拟行路难》诗中，多用"君不见"起调，下面排列引人愁思的景物，形象突兀而起，动人心弦。

鲍照的乐府诗，特别是《拟行路难》组诗，开创了七言以及以七言为主的杂言诗的新纪元，而且用韵灵活，诗歌形式不拘一格。在中国文学史上，鲍照是第一个大量创作七言诗的诗人，而且鲍照的乐府诗在诗歌形式上更加灵活多样。可以说，鲍照七言和以七言为主的杂言乐府将汉魏以来的乐府诗创作推向了一个新的高峰，对于七言诗的最终形成与巩固起到了积极

鲍照所描写的自然景物大多具有鲜明生动的形象

鲍照汲取了南朝乐府民歌
清新的内容，形成了自己
独特的创作风格

的推动作用。《拟行路难》等诗对于后来的李白、杜甫等诗人的创作产生了相当大的影响。

总之，鲍照是一名勇于学习、敢于创新的现实主义作家，他所创作的大量乐府诗歌，继承和发扬了《诗经》民歌部分富有生活气息的内容，汉魏乐府民歌"感于哀乐，缘事而发"的现实主义精神，汲取了南朝乐府民歌清新的内容，终于完成了"抗音吐怀，每成亮节"的唯他独有的乐府诗风格，在中国文学史上占据了重要的位置，其乐府民歌化的创作道路，对后世文学产生了积极的影响。

四、乐府民歌的地位和影响

汉乐府民歌深刻地反映了当时的社会生活

汉乐府民歌与南北朝乐府民歌继承并发展了周代民歌现实主义的优良传统，它更广泛、更深刻地反映了当时的社会生活和人民的思想感情，对后代诗歌也有其更具体、更直接的巨大影响。许多作品都起着示范性的作用。

（一）继《风》《雅》后发扬现实主义传统

这种影响，首先就表现在它的"感于哀乐，缘事而发"的现实主义精神上。这种精神像一根红线贯穿在从建安到唐代的诗歌史上，俨然形成一条以乐府为系统的现实主义传统脉络。它们之间一脉相承的关系是如此明晰，以至于我们可以用线条做出如下的表述：

"缘事而发"（汉乐府民歌）——"借古题写时事"（建安曹操诸人的古题乐府）——"即事名篇，无复依傍"（杜甫创作的新题乐府）——"歌诗合为事而作"（白居易所倡导的新乐府运动）。

由借用汉乐府旧题到摆脱旧题而自创新题，由不自觉或半自觉的学习到成为一种创作原则，由少数人的拟作到形成一个流派、一个运动,这说明汉乐府民歌的现实主义精神对后代诗人的影响还是愈来愈显著的。

当然,事物的发展不会是直线的上升,文人们继承和发扬汉乐府的精神也是有一个过程的。在最初阶段他们并无认识,甚至敌视它,如哀帝时诏罢乐府,实际上便只是排斥民歌;到东汉初期,虽有所认识,却还未能将这一精神贯彻到创作中去,比如班固虽指出了乐府民歌"缘事而发"的特色,但他的《咏史》诗却不是这样的作品,稍后的张衡《同声歌》也一样。直到东汉后期才有个别中下层文人从事学习,如辛延年的《羽林郎》。而在它之后,也出现过低潮,特别是当齐梁形式主义占统治地位时期,汉乐府民歌的优良传统更是不绝如缕。但从总的趋势看来还是一直在发展,作为发展的高潮的,便是中唐的新乐府运动。《乐府诗集》将"新乐府辞"列为最后一类,其用意即在指明这一发展的结穴或顶点之所在。

（二）创新体裁,推动诗歌形式的发展

乐府民歌的影响还表现在对新的诗歌形式的创造上。如前所述,乐府民歌的主要形

汉乐府民歌是中国古代文学史上一朵馥郁芬芳的奇葩

乐府民歌的地位和影响

117

汉代陶俑

式是杂言体与五言体。杂言体在当时尚未引起文人们的注意，但自建安后，它的影响已日趋显著。如曹操的《气出唱》、曹丕的《陌上桑》、陈琳的《饮马长城窟行》等，便都是杂言，至鲍照《行路难》，尤其是李白的《蜀道难》《将进酒》《战城南》等歌行更是集杂言之奇观，也莫不导源于汉乐府。五言体的影响，比之杂言更早也更大。据现有文献，可以肯定，文人拟作五言诗是从东汉初就开始的，如班固《咏史》。东汉中叶后则拟作益多，有的有主名，但更多的是无名氏的抒情诗，如《古诗十九首》等。到汉末建安，更出现了一个"五言腾踊"的局面，自此以后，五言一体遂被《诗经》的四言、《楚辞》的骚体而代之，一直成为我国诗史上一种重要的传统形式。

李白的创作也受到了汉乐府民歌的影响

从东汉初期就有文
人拟做五言诗

乐府民歌的地位和影响

乐府民歌非常注重对细节的刻画

（三）沾溉诗坛，丰富历代作家创作

两汉与南北朝乐府民歌对后来历代作家的文学创作有很大的影响。在艺术手法上，特别是在叙事诗的写作技巧上，乐府民歌的影响也是非常显著的。诸如人物对话或独白的运用，人物心理描写和细节刻画，语言的朴素生动等，都成为后代一切反映社会现实的诗人学习的榜样。仇兆鳌评杜甫"三吏""三别"说："陈琳《饮马长城窟行》，设为问答，此'三吏''三别'诸篇所自来也。"这是不够正确的。因为陈琳的这种表现手法也是从汉乐府民歌学来的，而且"设为问答"，也只是一端。汉乐府民歌反映现实、批判现实通常是通过对现实做客观的具体的描绘，但有时也在诗的末尾揭示出写作的目的，这对于后来白居易的"卒意显其志"也有所启发。至于李白的抒情诗中那些浪漫主义的幻想和夸张，我们同样可以看出它和汉乐府民歌的渊源关系。

诗歌史早已雄辩地证明，新的诗歌形式往往起源于民间。汉魏六朝时期，乐府诗同民歌的关系最为密切，或者本身就是民歌。新兴的诗体就是由民间而进入乐府，并且通过乐府诗广泛影响文人创作。这就是乐府民歌在中国古代诗歌史上的巨大影响。